KB269362

가족이라는 이름으로…

가족이라는 이름으로…
시인 이지윤의 짧은 글 - 긴 감동

초판 인쇄 | 2011년 9월 25일
초판 발행 | 2011년 9월 30일

지은이 | 이지윤
펴낸이 | 신현운
펴는곳 | 연인M&B
기　획 | 여인화
디자인 | 이수영 이희정
마케팅 | 박재수 박한동
등　록 | 2000년 3월 7일 제2-3037호
주　소 | 143-874 서울특별시 광진구 자양동 680-25호(2층)
전　화 | (02)455-3987　팩스 | (02)3437-5975
홈주소 | www.yeoninmb.co.kr
이메일 | yeonin7@hanmail.net

값 8,000원

ⓒ 이지윤 2011 Printed in Korea

ISBN 978-89-6253-101-5 03810

시인 이지윤의 짧은 글—긴 감동

가족이라는 이름으로…

가족이 있기에 어디에서도 살아 있으려 합니다.
가족의 재(再)구성 시대에 피를 나눈 가족이 아니어도
친구와 이웃과 반려견과…….
가족이라는 이름으로 살아도 되는
그런 시대에 살고 있습니다.
가족이라는 이름으로
모든 것을 극복하고, 견뎌 내는 사람들
그래서
이 세상은 살만합니다.

연인M&B

살아갈수록 할 말이 줄어들고
자연으로 파고들게 된다.
산(山)과 들은 말 없이도
삶에 지친 영혼을 어루만져 주고
날로 낡아 가는 몸을 치유해 준다.
이제는…….
왜 사느냐고 물으면
그냥 웃을 수밖에 없다.
잘 모르기 때문일까?
아니다. 너무나 많은 상흔이 있기에
말을 할 수 없기 때문일 것이다.
그래도 가족이라는 이름이 있기에
굽이, 굽이, 고비, 고비를
넘긴다.
그것이 삶이다.

2011년 가을
이지윤

| 차례 |

가족이라는 이름으로…

칠레 코피아포의 탄광이 무너지면서
지하 700m에 갇힌 광부 33명(名)이
매몰 24일 만인 8월 29일 처음으로
가족들과 전화 통화에 성공했다고 합니다.
주어진 시간은 단 1분!

심리 치료사는 가족들에게
울지 말고 긍정적으로 얘기하라고 충고했다는
기사를 읽었습니다.
땅속에 묻힌 광부들은 가족들과 통화한 후
심리 상태가 많이 좋아졌다고 합니다.
땅속에 묻혀서 23분도 힘들고, 스물세 시간도 힘들 텐데
24일이나 삶을 이어 가는 사람들.
그 사람들을 구조하기 위해
모든 사람들이 힘을 모았습니다.

단 1분의 전화 통화!
그래도 가족들의 목소리를 듣고
안정이 되었다는 기사를 읽으면서
눈물이 주르르 흘러내렸습니다.
가족이라는 것은 기쁠 때보다 힘겨울 때 더 힘이 됩니다.
모든 것이 다 무너져 내려도
가정만은, 가족만은
무너지거나 해체되어서는 안 된다는 생각입니다.
집은 있어도 가정은 없는 그런 사람도 있지만
우리는 남남이라도 가족 같은 사람으로
서로가 서로에게 힘이 되어 준다면
삶에 어떤 태풍이 와도 살 수 있으리라 그렇게 믿습니다.

설날

설날의 의미는 낯설다에서 왔다고 합니다.
새해가 시작되는 첫날이기에 낯설겠지요.
설날에는 고향으로 고향으로 찾아가
조상에게 차례 지내고
서로서로 덕담(德談)을 나누며
떡국과 지짐이 등을 먹습니다.

언젠가 저는 친지들에게
복권을 사서 선물로 준 적이 있습니다.
그런데 그 누구도 당첨되었다는 사람이 없었습니다.

경제적으로 쪼들리면
사랑도 창(窓)으로 달아난다는
서양 속담이 있습니다.
정말 〈경제〉가 제일 중요한 듯합니다.

내가 만일에 복권에 당첨된다면…….
공상을 해 봅니다.
가난한 소녀, 소년에게
주고 싶습니다.

소녀처럼 그런 공상을 하며
복권방 앞을 지나쳐 갑니다.
살까 말까 망설이다가
아마 안 될거야.
하고 돌아갑니다.

봄이와 햇살이의 설날

설날입니다.
한 살 한 살 더 먹을수록 봄이는 빠르게 늙어 갑니다.
힘이 넘쳐 침대로, 소파로 날아다니던 봄이도
이제는 기운이 없어 보입니다.
품위와 기품은 더 깊어졌지만…….
햇살이는 두 살, 봄이는 아홉 살.
함께 산책을 나가면
아이들이 '아유! 예쁘다. 엄마와 딸인가 봐.'
가던 길을 멈추고 봄, 햇살을 보느라 야단입니다.
그만큼 봄, 햇살은 예쁘고, 순하고, 사랑스럽습니다.
언니가 사 준 설빔을 입었습니다.
밖에 나가니
사람들이 깔깔깔 웃습니다.
사람도 안 입는 한복 설빔을 입었다며 웃습니다.
별로 웃을 일이 없는
사람들에게 봄, 햇살은 늘 웃음치료사 역할을 합니다.
참 고마운 반려견들입니다.

세상(世上)이 날 버려도……

모든 사람이 날 버리고 등 돌린다 하여도
자식만큼은, 부모만큼은 버리지 못할 것이라고 믿으며 삽니다.
그런데도 자식이 부모를 버리는 경우가 있고,
부모가 자식을 버리고 살아가는 경우도 있습니다.
어떻게 그렇게 모질 수가 있는지…….
어려울 때 친구도, 형제도 그 됨됨이를 알 수 있습니다.
진정 된 사람은 친구가 어려울 때
함께 슬픔을 등에 지고 갑니다.
진정 참다운 부모는 좋은 얘기만 들으려 하지 않고
자식들의 고통을 함께 덜어 주려 합니다.
좋을 때는 다 좋습니다.
그러나…….
곤경에 처해 있을 때
그때 어떻게 도와주느냐는 그 사람 됨됨이에 따라 다릅니다.
그런데
세상이 다 나를 버려도 버리지 않는 분이 계십니다.
하나님 아버지!
그분은 어떤 경우에도 나를 버리지 않습니다.

아내의 방(房)

대부분의 사람들은 자기만의 방을 갖고 있습니다.
자기 방이 비록 누추하더라도 피곤한 몸을 회복시켜 주고,
아픈 마음을 어루만져 주는 곳이 바로 내 방입니다.
그런데 아내들은 아이들과 남편에게 방을 내어주고
주방이나 거실에서 대부분의 시간을 보낸다고 합니다.
주방에 있는 식탁에서 책도 보고, 음악도 듣고
거실을 서재로 꾸며 공부하고…….
어찌 됐든 아내들도 자기만의 방(房)이 필요합니다.
그것은 공간적인 방일 수도 있겠지만
그것보다는 경제력, 일을 뜻합니다.
여자도 일과 경제력이 있으면 결코 불행하지 않다는…….
문화센터든, 평생교육원이든 공부할 곳도 많아졌습니다.
못 이룬 꿈이 있다면 더 늦기 전에 공부해서
자격증을 따거나 학위를 취득해도 좋겠습니다.
아이들 공부에만 전념하지 말고
아내들도 자기만의 방을 위하여 공부하는 사회가
건강한 사회가 되리라 믿습니다.

선(善)한 끝은 있다고……

사람들은 착한 사람이 고통을 겪으면 이렇게 위로합니다.
선한 끝은 있다! 고…….
결국은 선과 악이 대치될 때 선이 이긴다고…….
노아의 방주에서 〈짝〉이 있어야만 배에 오를 수 있는데
선이 배에 오르려 하자 짝을 데려오라고 합니다.
그래서 선(善)이 짝으로 데려간 것이
악(惡)이었다는 것입니다.
살다 보면…… 정녕 악한 사람도 적지 않습니다.
자기가 열심히 일해서 돈을 벌려는 것이 아니라
남을 협박해서 돈을 갈취하려는 사람.
남의 약점이 있나 없나 그것에만 열중해서
털어 먼지 안 나는 사람 없다며 낄낄거리는 사람.
잘사는 사람은 잘사는 이유가 있습니다.
물론 투기나 검은 수법으로 벌어들이는 탁한 부자도 있지만
맑은 부자도 있는 법입니다.
맑은 부자는 부지런하고, 검소하며, 남에게 베풀 줄도 압니다.
그런 맑은 부자를 시샘하여 무너뜨리려는
거머리 같은 인간들은 어떻게든 벌을 받게 되어 있습니다.
아무리 사회가 악플이 넘쳐나고, 악한 사람이 설친다 하여도
선한 끝은 있습니다.
아기 같은 생각을 해 봅니다.
악의 꽃을 없앨 수는 없는가? 라고 말입니다.

같이 가야 멀리 갈 수 있다

홀로 걷고 싶을 때가 있습니다.
동행 없이 그저 혼자 타박타박 걷고 싶을 때
그저 돌아온 세월 돌아보며
휘적휘적 걸으며 생각에 잠기고 싶을 때
그럴 때는 짧은 거리밖에 갈 수 없습니다.
되돌아와야 합니다.
그러나 동행이 있을 때는 긴—여행도 가능합니다.
물론 서로 의견이 맞지 않아 티격태격할 수도 있지만
서로 의지하며 긴—여행도, 멀리도 갈 수 있는 것입니다.
젊은 때는
혼자서도 잘 다니지만
나이 들수록 함께하는 여행이 낫다고 생각합니다.

인터넷

이 시대에 사람을 세 가지 부류로 나눈다고 합니다.
아날로그 세대(世代)
디지로그 세대(디지털+아나로그)
디지털 세대
60대(代) 이후는 전형적인 아날로그 세대여서
세시봉에 열광하고, 옛날식 다방에 향수를 갖는다는 것입니다.
디지로그는 40대 후반~50대
컴퓨터도 잘 하고, 아나로그의 정서도
어느 정도 이해하는…….
디지털 세대는 스마트폰을 손에 들고 다니며
열어 보고, 문자 보내고, 사진 찍고…….
항상 정서가 스마트폰에 쏠려 있습니다.
아이들 보고 참 착하다!
이런 소리를 요즘은 거의 안 합니다.
착하다면 좀 어리바리한,
손해만 보는 자기 밥그릇을 잘 못 챙기는 그런 사람,
그런 사람으로 치부하기에…….
이 시대에는 착하게 살려면
그 착함을 지킬 수 있는 독(毒)함도 있어야 하기에 말입니다.
사람들 중에는 자기 비위나 요구에 맞지 않으면
인터넷에 올리겠다, 인터넷 기자를 부르겠다면서
협박하기도 한다고 합니다.

죄도 없는 사람을 교수대에 올려놓고 죽이던 옛날.
그 hanging tree가 요즘은 인터넷 같습니다.
말로 대화로 푸는 것이 아닙니다.
본인도 모르는 허위사실을 만천하에 공개해 놓고
낄낄거리며 즐기는 사이코패스.
죄도 없는 청소년들을 웃으며 죽이는 사이코패스.
무엇이 다를까요.
꼭 칼을 들이대고 돈을 뜯어내는 사람만 강도가 아닙니다.
열심히 일하고, 저축하고, 주변을 돌아보는
보통사람의 삶이 아니라 잘사는 사람 시기하고, 무너뜨리며
악한 사람들과 담합하고
선량한 배우나, 친구나 기관을 괴롭히는 잔인한 사람들.
그들은 인터넷이 유일한 자기 분풀이 도구일까요?
악플로 괴로워하다 끝내 자살을 택한 사람들.
그들의 가엾은 영혼을 위해 기도합니다.
인터넷이 무섭습니다.
악플을 펴나르는 사람들이 두렵습니다.

할머니! 할머니!

양촌면에 유경이 할머니가 살고 계십니다.
유경이는 몸매도 늘씬하고, 얼굴도 예쁜 10대 소녀인데
할머니, 할아버지 슬하에서 자라고 있습니다.
조손가정의 소녀이지요.

유경이에게 할머니는 엄마 이상의 존재입니다.
할머니는 그저 유경이 잘되는 것만이 소원입니다.
언어 지능이 뛰어나 말도 잘하고
영어도 빼어나게 잘합니다.
그러나 어딘가 버릇이 없어 보입니다.

어떤 부모를 만나느냐에 따라
어떤 선생님을 만나느냐에 따라
그의 〈삶〉이 음지일 수도 있고, 양지일 수도 있습니다.

어릴 적 방학 때 외가에 가면
저의 외할머니께서는 꼭 책을 가지고 와서 읽어라! 하셨고,
음식을 먹을 때는 입속이 안 보이게 씹고,
걸음걸이는 음전하게…….
지금도 그 할머니 말씀이 제 가슴에 살아 있습니다.

가정교육이 얼마나 중요한지 알면서도
요즘 가정은 각자 다 바빠서
유치원이나 학교에서 다하길 바란다고 합니다.
할머니가 얼마나 소중한 가정 문화재인가를 알면서도
할머니는 뒷전이고 그저 아이들이 상전이라
아이들 입맛에만 맞추는 가정이 있다면…….
그 아이들이 자라고 엄마, 아버지가 할머니가 되었을 때.
똑같은 순환이 전개될 것입니다.

거리에 쪼그리고 앉아
마늘 껍질을 벗기고, 도라지를 다듬고
다 팔아 봐야 3~4만원인 물건을 놓고 앉아 계신 할머니!
그 할머니께서 파시는
마늘은, 도라지는, 콩은 더 맛있습니다.

12월(月), 연말입니다.
우리보다 못한 이웃에게
눈길을 돌리고 마음을 여는
그런 아름다운 12월이 되었으면 합니다.

축복받을 자격은……

사람들은 모두 복(福)을 좋아합니다.
복을 싫어하는 사람은 결코 없습니다.
복 많이 받으세요.
이 인사 한마디면 모두 입가에 미소가 번집니다.
부모 복, 남편 복, 처 복, 자식 복, 치아 복…….
중국에 가면 복이 쏟아지라고
복자를 거꾸로 매달아 놓기도 합니다.
그런데
아마도 복받을 자격이 있지 않을까 생각합니다.
너그러운 마음, 부지런한 행실, 착한 마음씨, 친절한 마음…….
이런 마음을 가진 사람들이
축복을 받지 않나 두리번거립니다.
누군가 복을 많이 누리고 있다면
그 사람은 분명
착하고, 부지런하고, 남을 해코지하지 않으며,
도와주는 그런 성실한 사람일 겁니다.
악(惡)한 사람인데도 잘 살고 있다구요?
더 두고 보시면 조만간 그는 악의 값을 치룰 겁니다.
그것이 세상 사는 이치랍니다.
축복받을 자격이 있나 돌아봅니다.

80%가 서민

우리 국민의 80%가 서민이라고 합니다.
부자들은 KTX 속도로 재산이 느는가 하면
서민들은 그달 그달 빠듯하게 살기 바쁘지
재산 늘리기가 참으로 힘듭니다.
그래도 서민들은 아름답습니다.
나눌 줄도 알고, 사랑을 베풀 줄도 압니다.
부자가 천국에 들어가려면
낙타가 바늘구멍에 들어가기보다 힘들다 했던가요?
다들 부자가 되고 싶어하지만…….
존경받는 부자는 드문 듯합니다
열심히 벌고, 진정으로 가난한 이웃에게
덕을 쌓는 그런 부자.
자기 자식에게만 물려주는 것이 아니라
진정 가난한 사람에게 분배해 주는
그런 부자가 늘어난다면…….
물 새는 지하 셋방에서
물소리에 가슴 졸이며 사는 사람들도 줄어들지 않을까?
결코 부자가 못 되는 시인은 혼자 꿈꾸고 있습니다.

출생 순위(順位)에 따라서……

사람들도 출생 순위에 따라 성격이 다릅니다.

맏이는 내성적이고, 양보심이 있지만 피해의식이 많고,

둘째는 대인관계 지능이 높아

사람들의 사랑을 더 많이 받습니다.

막내는 일찍 철이 듭니다.

우리 가족의 일원인 강아지

봄이와 햇살이, 모란이를 볼 때.

사람의 출생 순위와 많이 다르지 않습니다.

봄이는 맏이 답고, 햇살이는 둘째 같고,

모란이는 막내 답습니다.

셋이서 함께 마중나왔을 때

봄이를 먼저 안아 주어야

아래 동생들이 언니의 권위를 무시하지 않는다는 것입니다.

엄마의 퇴근길

아이들이 현관까지 나와서 서로 안아 달라고 야단입니다.

한꺼번에 다 안을 수 없기에

〈봄〉이부터 안아 올렸습니다.

그날 이후.

동생들의 태도가 달라졌으며 질서가 잡혔습니다.

봄이는 더 의젓해졌습니다.

아이들도 우선 큰아이부터 잘 챙겨야

언니나 형의 권위에 도전하지 않고

화목하게 지내게 됩니다.
내리사랑이라면서 부모들은
막내를 제일 예뻐하고 맏이는 너는 큰아이니까!
라며 제쳐 놓기도 합니다.
그래도 형만한 아우가 없는 데 말입니다.

가족이라는 이름으로……

가족이 있기에 어디에서도 살아 있으려 합니다.
가족의 재(再)구성 시대에 피를 나눈 가족이 아니어도
친구와 이웃과 반려견과…….
가족이라는 이름으로 살아도 되는
그런 시대에 살고 있습니다.
가족이라는 이름으로
모든 것을 극복하고, 견뎌 내는 사람들
그래서
이 세상은 살만합니다.

햇살이 기도 중

엄마는 늘 기도합니다.
가족들을 위하여!
그리고 가엾은 아이들을 위하여!
늘
기도합니다.
그런데 어느 날
햇살이도 기도하는 모습으로 앉아 있었습니다.
햇살이는 무엇을 놓고 기도하는 것일까.
말을 못하기에
햇살이의 눈을 봅니다.
오래오래 엄마와 이렇게 살게 해 달라는
기도였나 싶습니다.
봄이도, 햇살이도
눈으로 말하니까요.

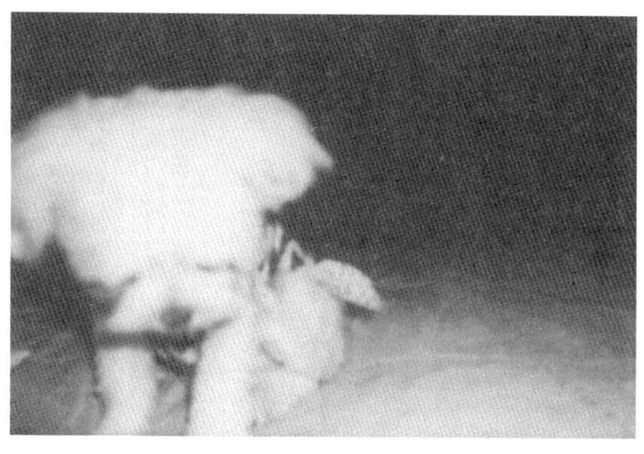

모란이

봄이와 햇살이.
둘을 보면 다정한 모녀 같기도 하고
자매 같기도 합니다.
산책하다 보면 아이들이 따라와 묻습니다.
'엄마와 딸이지요?'
'언니와 동생이지요?'
'언니와 동생이란다.'
'그것 봐! 내 말이 맞잖아.'
아이들은 한 번 안아 봐도 되느냐며 좋아합니다.
털을 쓰다듬고 흐뭇해합니다.
봄이와 햇살이는 가만히 있습니다.
자기를 사랑하는 아이들 손길을 느끼면서…….
그러다가 작곡가 선생은 또 한 마리의 강아지를 사 왔습니다.
같은 종(種)의 말티즈
눈매가 예사롭지 않습니다.
셋 중 제일 어리면서도 언니들에게 대들고 야단입니다.
이름은 〈모란〉이라고 시인 엄마가 지었습니다.
모란이라는 예쁜 이름이 부끄럽게 모란이는 왈가닥입니다.
높은 데서 굴러떨어져도 울지도 않고,
털실도 뭉치채 끌고 다니고, 걸레도 물고, 끌고 갑니다.
혼내면 째려봅니다.

모란이의
아빠나 엄마가 좀 사나웠나 봅니다.
봄이는 워낙 성격이 좋아서 그러려니 하는데…….
햇살이는 침만 질질 흘리고 서 있습니다.
평화로운 집안에 웬 깡패?
이런 표정입니다.
햇살이를 너무나 사랑하는 교수님은
모란이 기(氣)가 너무 세서 어디론가 보내지 않으면
햇살이 수명이 짧아질 것이라면서 야단입니다.
드디어 교수님의 친구가 데려가기로 한 날.
엄마는 모란이를 안고 우셨습니다.
갓난아기를 어디론가 떠나보내는 마음으로…….
햇살이를 생각하면 보내야 하는데
모란이가 안쓰럽고, 가여워서 눈물이 납니다.

모란이를 키울 수 있는 환경이 아니어서
더 좋은 환경으로 보내는 것이지만…….
제대로 키우지 못하고 보내는 심경은
자식을 보내는 것과 다르지 않습니다.
아이를 낳아 버리는 부모.
강아지를 키우다가 길에 버리는 사람들.
거리에 쓰레기를 버리는 손만큼이나 부끄럽습니다.
버림받는다는 것이 얼마나 큰 상처인가를 알아야 합니다.
거리를 헤매다니는 유기견을 보면
노숙자만큼이나 가엾습니다.
함부로 사고, 버리는
그런 몰인정한 사람이 적었으면 합니다.
강아지들은 사람을 해치지도 않고
그저 사랑만 주는 존재인데
사람이라는 이름으로 그들을 함부로 학대하거나 버린다면
자기도 언젠가 버림받는 날이 오지 않을까 생각합니다.
모란이는 잘 크고 있다는 소식입니다.
언제 모란이를 만가러 가야겠습니다.

봄이의 낮잠

긴— 봄날.
봄이는 지쳤는지 벌러덩 누워 잠을 잡니다.
코까지 곱니다.
봄은 낮이 길어서 좀 늙은 중년의 봄이는 쉽게 지칩니다.
낮잠을 15분 정도 자면 머리도 개운하고
다음 일을 하는데 능률이 오른다고 합니다.
봄이는
무슨 꿈을 꾸고 있을까요?
산책길에서 만났던
〈만두〉라는 이름의 남자 개를 만나고 있을지도 모르겠습니다.
봄이는 남자 개들이 졸졸졸 따라오면 뒤돌아서서 나무랍니다.
나를 귀찮게 하지 말라고.
나는 결혼할 마음이 전혀 없다고 말입니다.

봄이의 봄

〈봄〉이라는 강아지가
〈소라〉라는 작곡가에게 온 것은 7년 전
추운 겨울이었습니다.
그 작곡가는 외동딸이어서
유난히도 강아지를 사랑하는 여성이었습니다.
스물여섯 생일 기념으로 산 봄이라는 이름의 하얀 강아지.
어찌나 활동적인지 힘이 넘치고, 기품이 있는 여자 개였지요.
〈봄〉을 기다리며 애완견 센터에서 사 온 말티즈
그 강아지와 작곡가는 자매처럼 그렇게
사랑하며 살았습니다. 함께 자며, 먹으며…….
그러다가…….
소라 언니가 미국으로 유학을 가게 되었지요.
엄마와 일주일을 협상하다가
큰 가방에 가득 옷과 소지품을 넣고 언니가 떠나고…….
봄이는 일주일 넘게
현관에서 하염없이 언니를 기다렸습니다.
그리고는 체념한 듯 다시 엄마 품으로 안겨 든 봄이.
1년 넘어 언니가 다니러 왔을 때는
모르는 척 서운함을 내비치던 봄이.
엄마와 산책하며 언니를 기다린 봄이.
그 언니가 귀국, 다시 따스한 정을 나누며 살다가
언니가 결혼.

그 집으로 함께 혼수 1호로 가서 함께 사는 봄이.
봄이는 수선화 피는 봄에
언니와 산책하며 행복한 표정을 짓고 있습니다.
사랑하는 사람과 함께 사는 것.
사랑하는 사람과 함께 봄을 맞이하는 것.
어쩌면 그것이 가장 큰 행복일런지도 모릅니다.

봄 그리고 햇살이의 생일

햇살이는 늘 조용하고 순해서
다른 사람들이 안고 가도 가만히 있습니다.
봄이는 항거합니다.
주인 아니면 안 따라갑니다.
부모, 친척이 아닌 사람이 안고 가면 안 된다고 해야 합니다.
그런데 봄이와 햇살이 생일을 확실히 모르니
1월 11일로 정하고 생일파티를 합니다.
고깔모자를 쓰고, 케익도 먹고…….
외로운 교수님과 식구들에게 찾아온 봄 햇살.
봄, 햇살이라고 두 마리의 이름을 동물병원에서 말하니
동물병원 원장님이 묻습니다.
'식구 중에 누가 시인이냐?' 고
시인인 엄마는 웃습니다.
봄, 햇살은 어딜 가나 인기가 좋습니다.
아마도 봄이라는 계절과
햇살을 싫어하는 사람은 없나 봅니다.
우리도
사람들에게 희망을 주는
그런 존재로 살아야 합니다.

편한 길이 좋아요!

봄이는 하루 중 제일 행복한 때가
작곡가 언니와 산책하는 시간입니다.
쫄랑쫄랑 앞서 가는 모습을 보면
어찌나 귀여운지 웃음이 절로 나옵니다.
좀 늦어지나 싶으면(가족의 발걸음이ㅡ)
멈춰서서 기다려 줍니다.
그러다가 다시 쫄랑쫄랑 갑니다.
그런데…….
어!
자갈밭이 나오네.
난 자갈밭 걷는 것이 싫은데…….
봄이는 꾀를 내서 시멘트 위로 올라서서 조심조심 갑니다.
꾀순이!
하고 부르면 뒤돌아보고 이런 표정으로 바라봅니다.
난 자갈밭이 싫어요.
걷기가 힘드니까요.
눈길은 차라리 푹푹 빠져도 재미있는데
돌길은 아파서 싫어요.
알았다.
우리 사람들도 편한 길만 찾는다.

그러나 자갈 위를 걸으면
혈액순환에 좋다고 하니 참고 맨발로 걷기도 한단다.
요즘 사람들은 건강을 제일로 생각하니까…….
이런 길 저런 길 걸어 봐야
자기가 어떤 길로 가야 하는지 알게 됩니다.

태어날 때부터

봄이의 성격은 활발하고, 감성적이어서 예술가형입니다.
음악이 들리면 따라서 노래를 합니다.
눈망울은 깊은 호수처럼 사색적입니다.
햇살이는 누가 자기를 때려도 가만히 있습니다.
그러나 말을 합니다.
식구들이 외출에서 돌아오거나,
산책 시간이 되었는데도 딴 일을 하면
우―우― 하며 항의를 합니다.
인간도 타고나는 선천(先天)이 있지만
강아지들 성격도 타고나나 봅니다.
항상 우아한 봄이.

항상 조용한 햇살이.
그들의 하는 것을 보면 그 두 아가씨의 부모를 알 듯합니다.
아이들을 보면 그들의 부모를 알 수 있듯이 말입니다.

내가 좋아하는 것 중에……

봄이는 자기가 사람인 줄 아는 듯합니다.
음악이 나오면 노래하질 않나
오이, 무, 고구마 등 식구들이 먹는 것 모두를 먹질 않나
우아하게 앉아 있을 때 보면
엘리자베스 여왕(女王) 같은 기품도 풍겨서
늙은 봄이를 보고 엘리자베스라고 부릅니다.
식구들이 보면 봄이처럼, 햇살이처럼
우아하고, 순하고, 멋진 개는 없는 듯합니다.
정(情)이 깊으면 그토록 정이 깊으면 모두 좋아 보입니다.
사랑은 xx 때문이 아니라 그럼에도 불구하고 하는 것입니다.
봄이는 500g 체중 오버이고, 햇살이는 미달이지만…….
시인 엄마 눈에는 최고랍니다.
그런데 봄이가 좋아하는 것 중에
뼈다귀 모양의 장난감이 있습니다.
그것을 입에 물고 있을 때.
봄이는 쾌감을 느끼나 봅니다.
어쩌다 식당에서 갈비뼈를 가져다 주면 뼈를 갉아 먹는 봄이.
봄이도 개는 갭니다.
아무리 사람처럼 매력 있게 행동해도 본성은 속일 수 없습니다.
사람도 아무리 후천적으로 교육받고
인격을 도야(陶冶)하여도
언뜻언뜻 보이는 본색(本色)은 어쩔 수 없습니다.

근본은 속일 수 없다고들 합니다.
그래서 부모의 가정교육이 평생 가는 것입니다.
피아노가 있다고 피아니스트가 아니듯
자식이 있다고 다 부모는 아닙니다.

비교는……

똑같이 네이비블루 옷을 입었는데…….
햇살이와 봄이를 비교하며 가족들이 웃었습니다.
봄이는 살쪄서 옷태가 잘 안 난다며 말입니다.
듣고 있던 봄이가 항의합니다.
살은 산책을 자주 안 시켜 주어서,
불임수술을 받아서 찐 것인데
왜 날씬한 햇살이만 예쁘다고 하느냐? 며.
날씬한 몸매는 선(善)이고,
약간 통통한 몸매는 악(惡)인가요?
비교는…….
사람이나 강아지나 다 싫어합니다.

이런 사랑도······

TV를 거의 보지 않지만
봄, 햇살이네 가족은
〈동물농장〉이라는 프로그램은 교회 가기 전에 꼭 봅니다.
어떤 할머니께서 폐휴지를 주어다 팔아
근근히 사시면서도 개를 네 마리나 키우신다는······.
죽을 때까지 안 버려!
그러시며 그 네 마리의 개와 살기 위해
단칸 셋방에서 나와
다리 밑에서 함께 노숙하신다는 내용을 보며
하염없이 눈물이 흘러내렸습니다.
자식을 버리는 사람도 있는데······.
저 가난한 할머니는 개 네 마리를 데리고 다니며
설렁탕 한 그릇에 밥 한 공기 시켜서
맛있는 설렁탕을 개들에게 주고
할머니는 밥만 드시는 그 모습은······.
눈물 없이 볼 수 없는 정경이었습니다.
동네 사람들이 텐트를 구해다
비를 피하게 해 주는 모습 또한 아름다웠습니다.
이곳 저곳 물난리, 테러 등 세계가 혼란스러워도
저런 할머니가 계시기에 이 세상은 살만한 곳이겠지요.
비록 몸은 늙고, 가난하시지만
요즘 본 사람 중에 가장 아름다웠습니다.
사랑을 실천하는 사람이 드무니까요.

화풀이

강아지들도 자기 뜻대로 안 될 때.
두 발로 막 긁어 대거나 한숨을 쉬거나 컹컹 짖거나 하며
화풀이를 합니다.
사람들은 화가 날 때.
노래를 부르거나, 고열량의 음식을 먹거나
친구와 수다를 떨거나, 드라이브를 하거나 합니다.
그런데…….
화풀이 대상으로
강아지를 때리거나 발로 걷어차거나 하는 사람도 있습니다.
말 못하는 짐승을 그렇게 학대해도 되는지…….
요즘엔 화풀이를 학교 선생님에게 하는 사람도 있습니다.
만만한 것이 교육자?
교육자답지 않은 사람도 물론 있지만…….
학부모로서 존경할 수 없는,
도지히 이해할 수 없는 사람도 있습니다.
종로에서 뺨 맞고 한강에서 눈 흘긴다고 했던가요?
그 반대이던가요?
자기 일이 잘 안 된다고 아내와 아이들, 강아지, 교사에게
화풀이하는 사람도 있나 봅니다.
가엾지요.
화를 푸는 건강한 방법도 모르고 나이만 먹어 가니 말입니다.

사진 찍는 것 싫답니다

봄이는 사진을 찍으며 카메라를 들이대면
웃는 표정으로 렌즈를 응시합니다.
햇살이는 자꾸만 고개를 숙입니다.
나는 사진 찍는 것 싫어요!
사람도 나이를 먹을수록
자기 늙어 가는 모습을 필름에 담기 싫어합니다.
'그레타가르보'라는 신비로운 영화배우는
늙어 가는 모습을 팬에게 보이기 싫어 숨어 살았습니다.
파파라치에게 찍힌 노년의 그레타가르보!
배가 나오고, 가슴은 처져 있고, 등은 구부정하고…….
잔인합니다.
신비주의자가 아니라도
적나라하게 자기를 드러내려는 사람들은 잔인합니다.
햇살이도 한 해 두 해 지나면서 늙어 갑니다.
그 모습이 애처롭습니다.
한때를 풍미했던 영화배우도 세월 따라 늙는 것이 아름답지
늘 팽팽하면 종이장미 같습니다.
인생이 느껴지는 얼굴.
그러나 젊어도 추한 얼굴이 있고,
늙어도 고상한 품위가 비치는 얼굴이 있습니다.
이제는 그 누구도 자기를 숨길 수 없습니다.
스마트폰으로 찍어

인터넷에 올린다 협박도 하고, 녹음해서 증거를 남깁니다.
무서운 세상입니다.
숨바꼭질이 사라졌습니다.
모두 다 파파라치이고 다 공개됩니다.
큰 대로변에 서 있는 형국입니다.
햇살이는 그래서인지 사진을 찍기가 싫답니다.

여름 휴가

불란서 사람들은 바캉스에
도시를 비우고 어디론가 휴양지로 떠납니다.
이제
우리나라 사람들도 그들처럼 어딘가 보헤미안처럼,
노마드(유목민)처럼 떠납니다.
냇가에만 가 봐도
다리 밑 평상에 사람들이 빽빽하게 앉아서
고기를 구워 먹고, 아이들은 멱을 감고 야단입니다.
봄, 햇살이네 가족은…….
작곡가, 연주가, 시인, 과학자, 역사학자, 싱어, 의사…….
이렇게 전문직을 가졌는데 누구도 떠나지 않고 그저
여름이 지나가길 기다리며 일하고 있습니다.
여름 없이 가을이 올 수 없으며
더위를 피하는 것보다 더 땀 흘려 일해서
가을에…….
사람들이 일상으로 돌아와 바닷가가 외로울 때,
그때 여행을 떠나려 계획하고 있습니다.
휴가 안 가세요?
누군가 물으면
우리 봄, 햇살이 가족은 '가을이 오면 갑니다.'
라고 대답합니다.
남들 다 하니까 따라하는 것.

그것은 누구도 할 수 있지만
남들이 잘하지 않은 것을 하는 것은
그 누구나 할 수 있는 게 아닙니다.
여름이 지나가고 있습니다.

외동아이를 독립적으로……

외동 그 자체가 병이라는 학자가 있습니다.
홀로 자라다 보니까
〈자기 본위〉인 때가 많고, 독선적일 때도 가끔 있습니다.
초등학교에 입학한 외동딸 아이가 첫 소풍을 가던 날.
다들 돗자리 들고 따라갔는데…….
시인 엄마는 아이 혼자 가도록 했습니다.
독립적으로 키운다면서 말입니다.
그날.
친구들이 엄마들과 함께 밥을 먹을 때
그 아이 마음이 어떠했을까?
그때는 그것이 최선이라고 생각했는데
27년이 흐른 지금 친구 엄마들이 가엾다고,
혼자 소풍 온 아이가 안쓰럽다며 찍어 준
사진을 볼 때마다 가슴이 아려 옵니다.
늘
온순하고, 엄마를 챙기던 조용한 아이.
그 아이가 이제 30대 여성으로 어릴 적 이야기를 합니다.
자기가 감기에 걸리면 외국에 안 가실까 싶어
찬물을 뒤집어썼는데 그런데도
엄마는 자기를 할머니 댁에 맡기고 외국 회의에 갔었다고…….
그러니 이제 자기도 자유롭게 놓아 달라고 말입니다.
인생은 그렇게 돌아가나 봅니다.

아이가 곁에 있어 주길 원할 때는
엄마도 이루고 싶은 꿈이 있어 움직였고
엄마가 늙어 딸과 함께 있고 싶을 때
딸은 또 자기의 꿈을 향해 날아가야 하는 운명의 순환…….
어릴 적 딸아이가 외로웠듯
늙어 가는 엄마 또한 외로울 것입니다.
엄마는 그저 딸과의 추억을 반추하며 사는
그런 고독한 여인(女人).
구름이 흘러가듯, 강물이 흘러가듯
삶은 그렇게 흘러갑니다.
세라비!
그것이 인생입니다.

내 처소(處所)가 제일이다

어느 나라 어느 잠자리보다도
내 작은 방이 가장 평안하다고들 합니다.
고급 호텔에서 자고 좋은 곳만 다녀도 그리운 것은
내 작은 방, 내 집입니다.
봄이도…….
이곳저곳 다니는 것을 인조이하지만
자기 집에 들어가 발 뻗고 잠들었을 때.
그때가 제일 편해 보입니다.
낯선 곳에 향한 설레임.
새로운 친구에 향한 기대…….
하지만 우리는 익숙한 것에의
편안함과 너그러움, 온화함을 잊고 살 때가 있습니다.
뭐니뭐니해도 내 처소가 제일입니다.
내 가족이 최고이듯이…….

걸림돌과 디딤돌

어떤 여성이 후배가 걸림돌이라고 얘기합니다.
그 직장에 먼저 들어왔지만 그 업계에서는
까마득한 후배인데 자꾸만 딴지를 건다는 것입니다.
그 여성은 50대(代)를 코 앞에 둔 여인이지만
지혜로움이 늘 부족했습니다.
그 걸림돌을
어떻게 하면 치울 수 있을까 고민하는 시간에…….
그 돌을 디딤돌로 삼으면 어떨까 하고 물었습니다.
세상을 살면서…….
어떻게 주춧돌만 되며 때로는 걸림돌을 만나고
그것을 디딤돌 삼아 나아가는 것인데
40대 후반이 되어서도 그런 깨달음이 없으니 안타깝습니다.
50이면 지천명(知天命).
나이 오십이면 하늘의 뜻을 알게 되는데
아직도 20대 같은 그 여인의 얼굴이
설익은 과일 같았습니다.
나 또한 그 누구에겐가 걸림돌일 수도 있다는 것을
늘 염두에 두어야겠습니다.

한 방향(方向)으로 고개를 돌릴 때

부부란 마주 보는 것이 아니라
한 방향을 봐야 행복하다고 합니다.
남편이 '서쪽을 봐, 놀이 참 아름답다.' 고 하는데
아내는 동쪽을 본다면?
아내는 음악을 좋아하는데 남편은 야구만 좋아한다면?
아마도 그들은 결코 행복하지 않은
봄, 여름, 가을, 겨울을 보내며 한탄하며, 늙어 갈 것입니다.
한 방향을 바라보는 부부가 이상적입니다.
같은 직업을 가지면 아마도 신비감은 없을지라도
이해하는 부부, 북돋아 주고 서로 버팀목이 되어 주는
부부가 되지 않을까 생각합니다.
배나무는 배나무끼리,
사과나무는 사과나무끼리 있을 때 아름답듯이 말입니다.
끼리, 끼리, 비슷한 사람끼리…….

계곡에 앉아서……

어리지만 바다보다는 계곡이 좋았습니다.
말갛게 흐르는 물소리를 들으며
태어나는 순간부터 네 살이 되기까지의 고통을 흘려보냅니다.
얼마나 사는 것이 힘들면…….
고해(苦海)라 했겠습니까?
세상에 나올 때도 열 몇 시간인가를 애쓰며, 울며 나왔는데
나와 보니 행복한 세상만은 아니어서
네 살 아이인데도 가슴이 아플 때가 있었습니다.
매미 소리가 소나기처럼 쏟아지는 계곡에서
명상(meditation)에 잠겨 있습니다.
훗날 40대가 되어도 못잊을
그때의 여름 계곡입니다.

왜 사느냐고 묻거든……

왜 사느냐고 묻거든 그냥 웃지요.
라는 시(詩)구절이 생각납니다.
새로운 꿈도 없고
그저 물 흘러가듯 흘러가는 삶.
어떤 할머니가 물으십니다.
'사는 게 재미있어요?'
'네? 사는 게 재미없어요?
사람들이 사는 게 재미없다, 없다 해도 왜 그럴까?
생각했는데 요즘 나도 재미가 없습니다.
열매를 다 따고 난 배나무 같다고나 할런지…….
추수가 끝난 들녘 같다고나 할지…….
새로움이 없는 삶.
매일매일이 거의 똑같으며 낮은 자세로 섬겨야 하며,
부당한 협박도 견뎌야 하며…….
그레도 새싹 같은 아이들이 있어
유치원에 새벽같이 출근합니다.
인생을 재미로 살겠습니까?
그저 출발했으니 이렇게, 저렇게 궁리해 가며 사는 것이지요.
그래도 새로운 꿈을 꾸며
왜 사느냐고 물으면 그냥 웃으며 살아야겠습니다.
그냥 웃으며…….
말입니다.

행복해지는 법

그 누구나 행복해지고 싶습니다.
행복을 원하지 않는 사람은
결코 이 지상에 없을 것입니다.
그런데 행복해지는 방법을 잘들 모릅니다.

어떤 사람은 아이들이 공부를 잘하면,
남편이 돈을 잘 벌면
행복할 것 같다고 합니다.

그러나 천석지기는 천 가지 고민이 있다는
옛말이 있습니다.
상류층이든 하층이든
그 누구에게나 고민은 있습니다.
그 고민을 어떻게 벗겨 내는가?
그것은 자신에게 달려 있습니다.

어디선가 읽었는데요.
행복해지는 법이 있어 소개합니다.

나 자신을 위해 꽃을 산다.
제일 좋아하는 향수를 집안 곳곳에 뿌려 둔다.
하루에 세 번씩 사진 찍을 때처럼 활짝 웃어 본다.

음악을 틀어 놓고 맘대로 춤을 춘다.
고맙고 감사한 것을 하루 한 가지씩 적어 본다.
나의 장점을 헤아려 본다.

그리고 이런 말도 있습니다.
행복에 대한 기대가 너무 크면
행복해지기 어렵다.
항상 소박한 기대가 행복을 불러오나 봅니다.

좋은 나무, 나쁜 나무, 좋은 사람, 나쁜 사람……

나무를 보노라면
심은 사람은 모르겠지만 묵묵히 자라서
어느 날에는 낙엽이 지고, 봄날에는
그 신비로운 빛깔로 꽃을 피우고
열매를 맺고 아낌없이 모든 것을 주면서도
원망 한 번 하지 않는 나무가 성스럽다는 생각을 합니다.
아카시아 같은 나무는 귀화 식물이면서
어찌나 기가 센지
다른 나무들을 괴롭히면서까지 자기만 잘 자랍니다.
아카시아 꽃향기야 이루 말할 수 없이 달콤하지만
나무는 좀 무섭습니다
꽃도 주고, 열매도 주고,
자기 몸도 주는 나무라야 좋은 나무입니다.
그런데 꽃도, 열매도 맺지 않고
재목도 되지 않고 그저 땔감으로밖에
쓸 수 없는 나무도 있다고 합니다.
나는 과연 어떤 나무일까?
대들보로 쓰이는 나무일까?
서까래로 쓰이는 나무일까?
사람도 나무와 비슷해서
대들보가 되는 사람도 있고,
땔감이 되는 사람도 있습니다.

좋은 사람은 약자를 돕고,
남을 배려하는 사람이고, 베푸는 사람이고…….
나쁜 사람은 남을 배려하지 않고 자기만 살려는 사람,
자기 잇속만 차리는 몰인정한 사람이겠습니다.
나무를 보면서…….
더 그윽하고,
향기 나는 인격의 좋은 사람이 되어야겠다고 생각하면서
악한 사람이 작정하고 덤벼들 때 그때도 과연 우아하게
좋은 사람 노릇을 할 수 있을까 걱정을 합니다.
쓸데없는 걱정일까요?
악화가 양화를 구축하는 경우가 많기에
사실 〈좋은 사람〉으로 남기가 참 힘든 시대입니다.

사과나무는 사과나무끼리

아파트 꽃밭에 대파를 심어 놓은 이웃이 있었습니다.
젊은 여인인데 제게는 알뜰하게 보였지요.
그런데 어느 날
큰소리로 다투는 소리가 들려 나가 봤습니다.
나이 드신 분께서
왜 꽃밭에 파를 심었느냐며 나무라고 계셨고
젊은 여인은 어떠냐? 고 대들고 있었습니다.
나이 드신 분께서 하시는 말씀은 꽃밭에 파는 안 어울린다.
파를 심어 놓고 먹으려면 베란다 화분에 심어라.
왜 공동 화단에 심느냐? 는 내용이었습니다.
내가 보아도 꽃들 속의 대파는 어울리지 않았고
왜 꼭 공동 화단에 심어야 하는지
그것도 이해가 되지 않았습니다.
60평짜리 APT 두 개를 터서 쓰는 건설회사 사장 부인은
늘 오만했습니다.
나이 드신 어른에게도 소리치며 대드는 모습에
조만간 안 좋은 일이 저 집에 있겠구나
사람들은 혀를 찼습니다.
그들이 짓던 APT가 부도가 났습니다.
그 여인의 남편이 사장으로 있던 건설회사가 무너진 것입니다.
어디론가 그들은 서민들을 피멍들게 하고 떠났고
그 사장의 젊은 부인이 심었던 대파도

뽑혀져 나뒹굴고 있었습니다.
인생은 새옹지마라 언제 어떻게 변할런지 모릅니다.
겸손하고, 후덕하게 살지 않고
자만하면 조만간 무너지게 되어 있는 것이 삶의 공식입니다.
직장에서도…….
이 직장이 얼마나 고마운가!
고마워하며 다니는 것이 아니라
떼쓰듯 하며 하루하루를 사는 것은 어처구니없는 일입니다.
그래서 비슷한 사람끼리 사는 동호인 주택이 늘어나고
사과나무는 사과나무끼리, 파는 파끼리, 옥수수는 옥수수끼리
자라야 병도 적고 잘 큰다고 합니다.
서로 비슷한 부류끼리 잡초 같은 것을 막는다는 얘기.
감동적입니다.
같은 부류가 아니면 정말 힘이 듭니다.
인간 사회에서도…….

살구나무의 수난

뜨락에
살구나무 두 그루가 있습니다.
20년 넘게 그들은 달디 달고, 고운 살구를 주렁주렁 매달아
우리의 눈도, 입맛도 즐겁게 했습니다.

꽃도 벚꽃보다 한결 청초했고
기품이 있어 몹시 사랑했는데…….

올 여름 한 그루가 시름시름 하면서 죽어 가고 있었습니다.
죽는 모습이 가슴 아파 베어 내려 사람을
인력센터를 통해 불렀습니다.

나무 베러 온 청년은
빨리 베고 다른 곳으로 또 일하러 간다며
제가 출근도 하기 전에
살아 있는 살구 나무를 다 베어 쓰러뜨려 놓고 있었습니다.
맙소사!

왜 죽어 가는 나무를 베지 않고 살아 있는 나무를 벤 것일까?
이해가 되지 않고 가슴이 쓰렸습니다.
왜 사람들은 함부로
나무를 베고, 뿌리를 잘라 내고, 괴롭히는 것인지.

아낌없이 모든 것을 주고 가는 나무.

살구나무의 수난을 지켜보며
살다 보면 쓸모 있는 사람이 밀려나고
쓸모없는 사람이 큰소리치며
이 사회를 어지럽히는 경우는 없을까?
생각하며 내내 가슴과 머리가 아팠습니다.

태풍이 지나가는 8월(月)의 어느 날입니다.

첫 번째 선물, 두 번째 선물, 세 번째 선물

선물을 싫어하는 사람은 거의 없습니다.

옛날에는 선물(膳物)로 반찬을 많이 주고받았나 봅니다.
선(膳) 자(字)가 반찬 선이니까요.
계란도 모았다가 선물하고
닭 한 마리, 배추 한 단 등을 선물로 주고받았다고 합니다.

아이들은 하나님이 주신 가장 소중한 선물입니다.
그런데 우리에게 주어진 첫 번째 선물은 〈삶〉이라고 하네요.
참 많이도 힘든 것이 삶이지만
그래도 그것은 첫 번째 선물이라는 것입니다.
그 첫 번째 선물을 사랑하며 소중하게 나눠야겠지요?

두 번째 선물은 사랑이라고 합니다.
사랑이 없다면 물이 없는 사막과 같고
숲이 없는 산(山)과 같을 것입니다.
사랑이 있기에 용서하며, 용기를 내며 살아갈 수 있습니다.

세 번째 선물은 서로 이해하는 것입니다.
나와 너, 더불어 사랑하며
삶을 아끼며, 서로 이해하는 선물.
매일매일 나눠 가져야겠습니다.

새 세 마리……

어느 날 출근길에
갑천 위로 날아가는 새 세 마리를 발견했습니다.
두 마리는 체격이 큰 것이 부부이고
한 마리는 어린 새로
그 부부 사이에서 깨어난 새 같았습니다.
창공을 훨훨 나는 새 세 마리…….
그들은 마냥 행복해 보였습니다.
어느 순간 뒤따르던 어린 새가
엄마, 아빠 새를 앞지르고 있었습니다.
"엄마, 아빠! 이제 제가 앞질러 가겠어요. 이해해 주세요."
그렇게 말하며 앞질러 날아가는 아기 새를 보면서
엄마, 아빠 새는 얼마나 흐뭇했을까요?
우리 사람들도 그렇습니다.
어느 날 자식을 보호하다가 훌쩍 커서
자식이 부모를 보호할 때 흐뭇하다고 합니다.
물고기를 잡아다 상을 차려 주기보다
물고기 잡는 법을 가르치는 부모가 현명한 것처럼
아이들이 살아갈 힘을 길러 주는
부모가 되시기를 빌겠습니다.

매화는 향기를 팔지 않는다

영동 지방의 폭설
구제역으로 산 채 땅에 묻힌 순하디 순한 소, 돼지…….
아직 겨울의 잔해는 남아 있고
햇살은 봄을 속살거리는 2월(月)
2월은 짧아서 금세 지나가는 느낌입니다.
한 해 한 해 나이는 먹지만 과연
나의 인품과 인격은 어느 정도인가 돌아봅니다.

젊어 보이는 것이 대세인 요즘
동안이라는 소리를 들으면
그 누구나 좋아합니다.
그러나…….
날씬하고, 동안이어도
인격이 낮으면 그는 금세 잊혀지는
지나가는 2월과 비슷합니다.

진정 슬픈 사람은 아무 데서나
눈물을 흘리지 않으며
진정 아름다운 사람은 웃사람에 대해
함부로 말하지 않습니다.

꽃도 요사스러운 모습이 있고
향기는 없는 꽃도 있고
사람도 얼굴은 요염하고, 예쁜데
도무지 향내가 나지 않는 사람이 있습니다.

남쪽 지방에서는 벌써
매화가 피었다고 합니다.
제가 좋아하는 꽃 중에 국화, 매화
프리지어가 있습니다.

그중에도 매화를 으뜸으로 좋아합니다.
매화가 가득 피면 마치 안개가 자욱한 듯 보이지요.

매화의 그 향기처럼 고고한
인품과 인격을 그리워합니다.
값싸고, 천박한 사람이 아니라
의롭고, 책임감 있고, 믿음이 가는 사람.
매화 같은 사람이 그리운 봄도, 겨울도
아닌 2월입니다.

또 하나의 봄은 가고……

모란도 뚝뚝 지고,
연둣빛 잎사귀는 진초록으로 무성해지고
반팔 옷이 상큼해 보이는 초여름입니다.
봄은 오는 듯하다가 금세 가 버리는
연인 같은 계절인가 봅니다.
봄이구나! 하다 보면
어느새 계절은 여름!
좋은 것은 짧고
견뎌 내야 하는 것은 긴— 듯합니다.

인생의 봄도 짧습니다.
어찌하다 보면 결혼, 출산
집 마련에 허덕허덕하다 보면
중년, 노년…….
한때 꽃처럼 아름다웠던
여인도 할머니가 되면…….
착잡합니다.

이십대, 삼십대 사람들은
아직 〈봄〉 속에 있습니다.
부지런히, 성실하게
씨앗을 뿌리고, 새싹을 가꾸고

달디단 열매가 맺도록
노력하시기 바랍니다.

아이들에게도 지나친 기대나 교육보다
살아갈 힘을 길러 주는 평범한 부모가
건강한 인성의 사람으로 키워 낸다는 사실을 유념하면서
집을 짓는 사람은 건축가
하프를 켜는 사람은 하프 연주가
아이를 키우는 사람은 부모
부모 자격증은 없지만
참다운 부모가 되어야겠습니다.

봄날은 가고 열매가 여는 여름입니다.
초록의 잔치에 초대받은
우리들 마음에도 초록 물이 듭니다.

모든 직업에는 애환이 있다

어느 날 H은행 y지점에 갔습니다.
풍선과 떡으로 보험을 판매하는
이벤트를 벌이고 있었습니다.

돈을 맡기기보다 빌려 쓰는 경우가 있는 사람들은
은행원들의 대우가 많이 다름을 느끼게 됩니다.

소위 〈큰손〉이라는 금융자산이 많은 사람들은
VIP실에서 모든 업무를 처리하게 되고
지점장까지도 그 큰손의 비위를 맞추기 위해
전전긍긍합니다.

작은 돈도 맡기고, 찾아 쓰는
풀뿌리 고객들이 많아야
은행도 건강하다고 하는데…….
y지점은 큰손이라는 여인의 기분이 상할세라
다른 고객들에게는 신경을 쓸 새가 없어 보였습니다.

차별받는 사람들의 마음.
그 마음은 떡을 먹고 있어도
그 떡이 맛있게 느껴지지 않았을 것입니다.

돈이 권력이라지만…….
〈큰손〉 몇 사람의 돈으로 운영되는 은행이 아닌데…….

의자에 앉아 돈이 많은 여인(女人)이 부럽기도 하고
한편 그런 여인에게 전전긍긍하고 성실한 고객들을 외면하는
매너 없는 은행인의 모습이 참 불쌍해 보였습니다.

자기 일에 최선을 다하되 비굴해서도 안 되고,
〈작은 손〉의 고객을 무시해서도 안 될 텐데
그날 그 은행원의 모습을 통해
직업을 갖고, 돈을 벌어 생활을 꾸려 나간다는 것이
얼마나 슬픈 것인지 새삼 사무쳤습니다.

유아들의 경제 교육이 시급하다

설 명절이 되면 이곳, 저곳
인사도 해야 하고,
명절 음식도 준비해야 하고…….
돈 쓸 데가 많아지면서
우리 주부들은 머리가 지근지근 아파
두통약을 먹기도 합니다.
명절 신드롬이 있지요?
간소하게 보낸다 해도 가계부가 주름집니다.

황금을 돌같이 보라던
최영 장군님의 시대는 옛날이고
지금은 돌도 황금처럼 봐야 합니다.

아이들에게 무조건 세뱃돈을 많이 주지 말고
심부름이라도 시키고 심부름 값을 주고
세뱃돈 받을 것을 저금하면
이자가 붙는다는 경제 교육

암탉을 잡아먹으면 그것으로 끝이지만
잘 먹여서 알을 낳게 하고
모아 팔면 돈이 된다는 이야기.
하나의 콩을 심으면

한줌의 콩을 얻을 수 있다는 이야기
물도 펑펑 쓰면
이제 물도 사 마셔야 된다는 이야기

경제 교육이 시급합니다.
경제는 국가적으로나, 개인적으로
제일 중요한 화두(話頭)임을
잊지 말아야 합니다.

붕어빵과 두 모녀

퇴근길 집 근처에 있는 포장마차에서
붕어빵을 굽는 여인이 눈에 띄어
다가가 천 원에 몇 마리 주느냐? 고 물으니
네 마리를 준다고 합니다.

네 마리를 사서 들고 보니
그 여인 옆에 눈이 크고,
선량해 보이는 20대(代) 여성이 있었습니다.
생글생글 웃는 모습이 여간 예쁜 게 아니었습니다.
대학원 휴학 중이며
엄마가 심장이 안 좋으셔서 돕고 있다고 했습니다.
집에 돌아와 붕어빵을 먹으며 두 모녀를 생각했습니다.

어떤 사연으로 아픈 몸을 끌고 나와
온종일 서서 붕어빵을 굽고 있는지…….
경제적으로 어려운 때 가족도 해체되고,
있던 사랑도 창으로 날아간다고들 합니다.

그래도 자식이 있어 엄마를 돕고 있으니
다행이라는 생각이 들었고,
그곳을 지날 때마다 붕어빵 네 마리를 샀습니다.

어느 날엔 딸의 모습은 안 보이고
어느 날엔 쪼그리고 앉아 쉬고 있는
가녀린 딸의 모습이 보입니다.

접이의자라도 하나 사다가 주어야겠다고 생각합니다.
산삼이라는 피로회복제 두 병을 사다 주니
핸드백에 넣으며 고맙다고 합니다.
집에 혹시 앓아누운 아버지가 계신가?
그날부터 제 걱정의 잔고가 늘었습니다.
가뜩이나 걱정이 많은데 말입니다.

행복은 어디에 살고 있는가?

치루 치루 마치루가 행복을 찾아
이곳저곳을 헤매 다닙니다.
그러나 행복의 파랑새는 자기 집 새장에 있었습니다.
우리는 행복을 찾아 헤매는 사람들을 자주 봅니다.
직장도, 배우자도, 집도, 친구도
자주 바꿔 가며 행복을 찾습니다.
그러나…….
그 사람의 노년에는 탄식만이 곁에, 입속에 있을 뿐입니다.
아! 나는 왜 헤매 다니기만 했을까?

행복은 체격이 큰 것도
화려한 것도 아닙니다.
자투리 시간들을 모은 조각보 같은 것입니다.
커피가 맛있을 때, 기차 여행을 할 때
월급을 받을 때, 친구로부터 오랜만에 전화를 받을 때
인정받았을 때…….
그런 시간들을 모으면 〈행복〉이 됩니다.

고통이 지나가지 않고는 결코 행복할 수 없습니다.
고통도 변장해서 오는 은총입니다.
辛(매울 신) 字(자)에 한 일을 그으면
幸(다행 행) 字(자)가 됩니다.

인생의 쓰고, 매운맛을 봐야
행복을 안다는 뜻이 아닐런지…….
언어기호학적으로 한자가 참 재미있습니다.
뜻글자라 그러합니다.

우리를 슬프게 하는 것들……

어린 새가 엄마 새를 부르는 가냘픈 소리를 들을 때
슬픕니다.
배부른 모습으로 먹이를 찾아다니는 고양이를 볼 때
슬픔을 느낍니다.
허리가 기역자로 굽은 할머니께서 폐휴지를 주워 담고
힘겹게 지나가는 모습에서 삶의 비애를 느낍니다.
자기만 배부르면 되고 배고픈 사람의 마음을 헤아리지 못하는
그런 사람을 보면 막막한 슬픔을 느낍니다.
제대로 피어 보지도 못하고 시들어 가는 꽃처럼
가난 때문에 제대로 배우지도 못하고 궂은일을 하면서
세상을 힘겹게, 삐딱하게 보며 살아가는
젊은 여성을 보면 가슴이 아픕니다.
조금의 손해도 볼 수 없다는 듯 따지고 드는
젊은 여성을 보면 안타깝습니다.
이해타산에 너무나 밝은 여성을 보면 안타깝습니다.
내가 심은 씨앗이 제대로 크지 못하고 열매를 맺지 못하고
사라져 갈 때 안타깝습니다.
기다릴 줄 모르는 사람을 보면 안타깝습니다.
좋은 소식보다 나쁜 소식만 퍼뜨리고 다니는
여성을 보면 안쓰럽습니다.
자기의 부족함은 절대로 인정하지 않는
나이든 여성을 보면 안타깝습니다.

고맙고, 미안하고, 안녕을 하루에 한 번씩만 써도
우리를 슬프게 하는 것들은
점점 줄어들지 않을까 생각합니다.

엄마의 영향이……

아이를 보면 엄마가 어떤 여인인지 짐작할 수가 있습니다.
교사의 영향도 엄마의 영향 다음으로 중요하지만…….
우리 삶에 오래 가는 흔적을 남기는 것은 엄마의 영향입니다.
엄마가 이기적이면 아이들도 그렇게 변해 갑니다.
엄마가 이타적이고 박애정신이 있으면
아이도 그런 성품을 닮아 갑니다.

소위 세상에 나와 출세했다는 사람들의 이야기를 들어 보면
엄마가 시장에서 장사하면서도 기도를 많이 했고,
자선을 베풀었다고 하며
너는 할 수 있다! 고 격려했다고 합니다.

어느 날
아이와 유모차를 끌고 가는 엄마가 하는 얘기를 들었습니다.
엄마 : 너는 왜 자꾸 핑계를 대는데?
아이 : 나는 혼자 할 수 있는데 엄마가 못한다면서 자꾸만 나
를 기죽이잖아?
엄마 : 맨날 내 핑계만 대지…… 네가 잘할 수 있는 것이 뭐
니?— 핑계밖에 더 있어?

나는 그 엄마를 보며
그 아이의 장래가 걱정되어 한숨이 나왔습니다.

엄마를 선택할 수는 없었기에
우리는 엄마로부터 〈힘〉을 얻기도 하고
평생 지울 수 없는 〈상처〉를 얻기도 합니다.

시월! 문화의 달입니다.
이곳저곳에서 문화 행사가 벌어집니다.
아이와 함께 문화의 향기를 맡아 보세요.
물가가 너무나 올라 한숨이 나오지만
문화의 향기는 가치는 높아도
값이 오르지는 않습니다.
안타까운 현실입니다.

세상에는 세 가지 빵이 있다

빵을 소재로 한 드라마 시청률이 최고를 기록한다고 합니다.
악한 사람은 지고, 착한 사람이 성공한다는 내용의 드라마.
그래서 그 드라마의 영향으로
빵이 잘 팔린다는 소식도 들립니다.

세상에는 세 가지의 빵이 있다고 합니다.
세상에서 가장 배부른 빵은 남을 생각하는 빵이고
세상에서 가장 재미있는 빵은 새로 도전하는 빵이고
세상에서 가장 행복한 빵은 나다움을 담아낸 빵이랍니다.

나다움을 담아내는 빵!
나답다는 것은 무엇일까요?
답다!
교육자답다, 아빠답다, 학생답다.
사회가 기대하는 만큼의 색깔과 분위기.
도리를 지키는 것이
다운 것일 테지요.

어릴 적 먹던 술빵이 생각납니다.
이스트와 술 약간을 넣어 따뜻한 곳에서 부풀린 다음 찌면
구멍이 숭숭 뚫린 게 여간 맛있지 않았습니다.
엄마가 엄마답지 않고,

아빠가 아빠답지 않고,
교사가 교사답지 않다면
그 주변 사람들은
아무리 빵을 많이 먹어도 허기질 것입니다.

정서적 허기가 우울증을 만들고,
방황하게 하고 원한을 만듭니다.
행복을 전도하던 분이 세상을 떠났습니다.
결국 행복은 전도해서도, 가르쳐서도 안 되는
나답게 만드는 정서적 빵이 아닌가 생각케 합니다.

그녀는 예뻤다!

살다 보면, 나이를 먹다 보면, 그것도 가을쯤에…….
까칠해진 피부를 쓰다듬으며 거울 앞에 섰을 때
달라진 모습의 여자가 있음을 발견하고 놀라기도 합니다.
아! 저게 나인가?
어딘가 닮고 싶지 않았던
어머니의 모습도 있고, 남편의 모습도 있고,
아버지의 모습도 나의 모습 속에 있음을…….

여자들은 할머니가 되어도 예쁘다! 는 말에
호호 웃으며 행복해합니다.
〈엄마도 예쁘다〉라는 아침 드라마도 있고
그녀는 예뻤다는 드라마도 있습니다.
아이들도 아유, 예쁘구나! 라며 칭찬하면 좋아합니다.

저는 여자 강아지 두 마리를 키우는데
두 마리 모두 예쁘다는 말을 하면 우아한 표정으로 웃습니다.
밉다고 하면 슬금슬금 달아납니다.

우리의 친정 엄마도 젊어서는 예뻤고,
엄마도 예쁘고 우리 아이들도 예쁩니다.
그런데 예쁘다는 말보다는
아름답다는 말이 나이들수록 욕심나는 찬사입니다.

아름답다! 는 한 아름 꽉 찬다는 말에서 왔다고 합니다.
여자아이들에게 너무 자주 예쁘다! 하지 말고
넌 참 지혜롭구나!
넌 참 이런 점이 훌륭하구나!
이렇게 해서 구체적으로 칭찬을 해야 합니다.
착하다! 예쁘다! 이런 말은 구체적이지 않고
아이의 행동이나 성격을 교정하는데 별로 도움이 안 됩니다.

어느 날 20년 전에 함께 근무했던 여성을 몰라보고
누구신지요? 라고 물으니 얼마나 서운해하던지요.
빼어난 미인이던 그 선생님!
세월의 풍화작용에 깎이고, 부서져
몰라보게 달라진 40대(代) 후반의 여인(女人).
외모는 달라져도
그 선생님의 예쁜 마음씨, 솜씨, 맵씨는
오래오래 내 마음에 살아 있을 것입니다.
그녀는 예뻤습니다.
20년 전에…….

과대 포장

선물을 하거나, 받아 보면
몇 겹으로 포장한 경우가 있습니다.
꽃 한 송이에 포장은 세 겹, 네 겹…….
간신히 풀어 보면 시든 꽃 한 송이…….
사람도 그렇습니다.

이렇게 저렇게
옷으로, 메이크업으로, 포장을 하고
온갖 스펙(깜냥)으로 나의 이미지를 높일 수 있습니다.
그러나 양파 껍질처럼 벗겨 보면 매운맛이 눈물 나게 할 뿐인
그런 사람도 있습니다.

저는 꽃을 살 때 셀로판지, 망사로 포장하지 마시고 그저
신문지에 싸 달라고 요구합니다.
스펙은 많아도 진정 그 사람의 알맹이는
품성, 인격임을 알아야 인성 교육에 더 힘쓸 듯합니다.

지혜로운 부모는
교사는
아이들 느낌에 공감하고, 믿어 주고, 인정하고 격려합니다.

그렇게 키워 내야
과대 포장되지 않은 순수한 사회인,
실력과 인격을 겸비한
알찬 생활인이 될 듯합니다.
그렇게 믿습니다.

가족이라는 것은……

칠레 코피아포의 탄광이 무너지면서
지하 700m에 갇힌 광부 33명(名)이
매몰 24일 만인 8월 29일 처음으로
가족들과 전화 통화에 성공했다고 합니다.
주어진 시간은 단 1분!

심리 치료사는 가족들에게
울지 말고 긍정적으로 얘기하라고 충고했다는
기사를 읽었습니다.
땅속에 묻힌 광부들은 가족들과 통화한 후
심리 상태가 많이 좋아졌다고 합니다.
땅속에 묻혀서 23분도 힘들고, 스물세 시간도 힘들 텐데
24일이나 삶을 이어 가는 사람들.
그 사람들을 구조하기 위해
모든 사람들이 힘을 모았습니다.

단 1분의 전화 통화!
그래도 가족들의 목소리를 듣고
안정이 되었다는 기사를 읽으면서
눈물이 주르르 흘러내렸습니다.
가족이라는 것은 기쁠 때보다 힘겨울 때 더 힘이 됩니다.
모든 것이 다 무너져 내려도

가정만은, 가족만은
무너지거나 해체되어서는 안 된다는 생각입니다.
집은 있어도 가정은 없는 그런 사람도 있지만
우리는 남남이라도 가족 같은 사람으로
서로가 서로에게 힘이 되어 준다면
삶에 어떤 태풍이 와도 살 수 있으리라 그렇게 믿습니다.

자기 꾀에 자기가 빠질 때

살다 보면
지략이 뛰어난 사람
꾀가 많은 사람을 만나게 됩니다.
그런가 하면 어리숙하고, 순종적인
사람도 있습니다.

이 길로 가다가
아! 저 길로 가면
더 빨리, 쉽게 갈 수 있겠구나
하여 돌아갑니다.
그러나 그 길은 빠른 길이 아니라
구덩이가 있어 빠져 버리는 길이었음을…….
간혹 경험합니다.
그저 바른 길로, 표지판을 보며 가는 것이
더디 가는 길 같아도
사실은 그 길이 빠른 길입니다.

개인적으로 아니 대부분 사람들은 무게가 있고,
신뢰할 수 있는 사람을 더 좋아합니다.
이리 폴짝, 저리 폴짝 달아나다가
결국 아이들 손에 잡히고 마는 어린 청개구리.
보호색을 띄고 조용히 풀섶에 숨어 있는 여치.

어떤 것이 꾀가 많은 것일까요?

하룻강아지 한 마리를 키우면서 귀엽기도 하지만
참 귀찮고, 어처구니없기도 합니다.
그 하룻강아지는 제 마음껏 헤집고 다니며
수많은 시행착오를 겪고 있습니다.
경험이 부족하면 부족한대로
선배나 부모님의 말을 따르는 것이 안심인데도
폴짝폴짝 뛰는 청개구리 같이 꾀 없는
새내기 며느리, 새내기 직장인도 적지 않나 봅니다.
저도 가끔은 제 꾀에 제가 빠져 허우적댈 때가 있습니다.

8월(月)이 가고 구월이 옵니다.
더 익은 인격이 되어야겠습니다.

된 사람으로 키워야 한다

사람이 곧 사랑이고
사랑 없이 사람은 결코
살아 낼 수 없는 존재라는 것을
알만한 사람은 다 알고 있습니다.
많은 사람을 겪으면서 인생이 새옹지마(塞翁之馬)이며
선한 끝은 있다는 말이
꼭 들어맞는 것은 아니며
예의 바르고, 웃어른을 공경하는,
정도를 가는 FM(Field Manual) 타입의 사람이
꼭 성공하고 인정받는 것은 아니라는 것을
서글프게도 인정해야 할 때가 있습니다.
아무리 지식이 많아도 사람된 도리를 모르고
자기 편한대로 아전인수(我田引水) 격(格)으로 산다면
그는 인디언 섬머 같은 노년은 결코 기대할 수 없을 것입니다.
(인디언 섬머: 안락하고 쾌청한 여름)
전철 안에서 다리를 꼬고 앉은 청년에게
보기가 민망하니 잘 앉으라는 노인에게 벌떡 자리에서 일어나
야, 이 새끼야. 네가 뭔데 이래라 저래라야?
하고 소리친 망난이.
그 망난이는 누가 키운 자식일까요.
교실이 무너지고 있다는 G일보의 기사를 보면서
경악을 금할 수 없습니다.

선생님에게 욕하고, 대들고…….
학부형은 쫓아와 왜 아이를 힘들게 하느냐며 소리치고
툭하면 교육청에 민원을 넣겠다며 협박하는 학부형이 있다니!
교사들이 어떻게 소신껏 아이들을 교육할 수 있을지
한숨이 나옵니다.
사실 가장 중요한 교육은
인성의 기본을 세우는 마음밭을 갈아 주는 유아교육입니다.
현장에 있는 유아교육자들도 다시 한 번 다짐하고
〈인성〉의 바른 틀을 잡는데 노력해야겠다는 생각을 합니다.
난 사람보다 된 사람으로 키워야 합니다.

오해와 이해 사이

어느 날 벤치에 앉아
자판기 커피를 마시고 있었습니다.
이것저것 생각을 정리하기에 좋은 시간입니다.
그때 제가 단골로 다니는 전자상회의 여주인이 다가왔습니다.
늘 물건을 팔아 주어도
찡그린 모습, 짜증스러운 목소리…….
나는 늘 저 여인을
왜 그리도 매너가 꽝일까? 궁금했습니다.
정말 완전 불친절 여인이었습니다.
그런데…….
그 여인의 얼굴이 환해졌고
미소까지 지으며 인사하는 것입니다.
어찌나 놀랐는지!
제 옆에 앉아 자기가 살아온 이야기를 조근조근 들려줍니다.
이명증으로 몇십 년을 고생했으며 잘 안 들려 병원에 가니
치료하기엔 이미 늦었다는 얘기.
달팽이관이 닳아서 그냥 포기하고
살라고 했다는 얘기.
어느 날 어떤 사람이 다슬기를 삶아 먹으라 해서
한 보시기씩 사다 삶아 먹었더니
귀 울림 증세가 없어졌다며 웃는
그 여인의 얼굴은 정말 예뻤습니다.

아! 그래서 늘 찡그리고, 툴툴거렸구나.
이제사 그녀를 이해하며
등을 토닥여 주면서 축하했습니다.
이제 다가구 주택도 지었고,
월세가 쏠쏠하게 들어온다는 그 불친절 여인은
모란꽃처럼 웃었고
나는 오해와 이해 사이가 이토록 가깝구나!
또 한 번 놀랐습니다.
UNDERSTAND.
이해하려면 아래에 서서
그 사람을 봐야 합니다.
위에 서서는 그 사람을 결코 이해할 수 없기에 말입니다.
우리는 서로 오해 속에서 살고 있는지도 모릅니다.
그러나 이해 못할 인생은 결코 없습니다.
당사자가 되어 보지 않고는…….
그와 똑같은 세월을 지나오지 않고는…….
오해하며 눈 흘기는 그런 유치한 짓은 하지 않아야겠습니다.

최고의 교육은 사랑이다

최고의 교육을 받기 원하는
우리나라 부모들
오바마 대통령까지도 칭찬하는
한국의 수학교육!
그런데 요즘 젊은이들은 쉽게 좌절하고, 쉽게 들뜨고
쉽게 포기하는 경향이 있다고 합니다.
경쟁심만 부추기는 사회 분위기
그 속에서 우리 꽃다운 젊은이들은
작은 벽도 기어오르기 전에
스스로 뛰어내리기도 합니다.
우리 유치원 돌을 타고 오르는 아이비(담쟁이)를 보면서
저들처럼 높은 곳으로 기어오르는 근성을 갖는다면
우리 아이들도 분명 원하는 목적지까지
갈 수 있으리라 믿습니다.
명품, 최고, 성공…….
그것을 향해서 앞만 보고 달려가는 삶이 아니라
옆도 보고, 뒤도 보고 두루두루 살피며 가는 인생이
더 아름답지 않을까 생각합니다.
차를 타고 달려가다 보면 놓쳐 버리는 것이 많고,
그것도 KTX를 타면 더 그리하고,
비행기를 타면 그저 구름밭만 볼 뿐이지만…….
걸어 가다 보면

보도 블록 사이에 자라고 있는 민들레도 볼 수 있고,
작은 가게도 볼 수 있고,
정겨운 사람들의 이야기도 들을 수 있어서
아! 이런 것이 있었구나 하며
고개를 끄덕이게 되는 것입니다.
너무나 최고를, 성공을, 명품을 향해 가는 것은
놓쳐 버리는 것이 많다는 것을
우리 모두 알아야 하지 않을런지…….
꽃이 지고 있습니다.
그 자리에 열매가 맺히고 있습니다.

아름다움에 대하여

〈아름다움〉이란…….
두 팔을 벌려 한 아름이 되듯 꽉 차는 느낌일 것입니다.
어딘가 아쉬운 예쁨은
금세 잊혀질 수 있지만
꽉 차오르는 아름다움은 평생 잊혀지지 않을 수도 있습니다.
우리 한국 여인들은 무척 예쁘고, 날씬하고
남성들은 잘생긴 편입니다.
외모지상주의!
루키즘(lookism)
보여지는 것에 가장 신경을 쓰는
그런 사람들이 많다고 합니다.
그런데 저는
얼굴에 주름이 자글자글한 할머님의 미소에서도
아름다움을 느끼고
틈만 나면 거리에 뒹구는 쓰레기를 줍는 손을 가진 사람,
자선을 베푸는 사람.
그런 사람들에게서 아름다움을 느낍니다.
정(情)이 많아서 계란이라도 삶아 나눠 주고,
손수 기른 토마토라도 나눠 주는 그 여인들이
좋은 옷을 입고 눈만 내놓고 다니는
얼굴이 탈까 몹시 두려워하는 그런 여인보다
아름답다고 생각합니다.

자기만 잘났다는 여인은 우습기만 합니다.
그리고
이렇게 저렇게 비판받아도
그것을 겸허히 받아들여 수용.
그것을 가슴에 안는 여성이 아름답습니다.
아름다움이 널려 있습니다.
그렇게 보는 눈이 아름다운 까닭일까요?

시간의 비밀

하얀 돛단배처럼
청포도 익는 여름이 곁에 왔습니다.
시간은 황금이다.
시간은 도도하게 흐른다.
시간은 모든 것을 변화시킵니다.
그것이 좋은 모양새이든, 나쁜 모양새이든
세월 따라 변하지 않는 것은
오직 부모의 사랑뿐…….
아기가 소년이 되고, 청년이 되고, 노인 되고…….
이렇게 변해 가는 것을
그 누구도 돌려놓을 수는 없습니다.
일본에서는 평생 결혼하지 않고
홀로 살다가 홀로 고독사 하는 사람이 꽤 된다고 합니다.
결혼해 보지 않고, 아이를 낳아 길러 보지 않고
과연 인생을 논할 수 있을까?
지팡이를 짚고, 목욕바구니를 드시고
조심조심 걸어가시는 할머니를 보면서
젊어지는 샘물을 마신 할머니가
다시 아기가 된다는 옛이야기를 떠올렸습니다.
그리고 샘물을 누군가 준다면?
저는 사양할 것입니다.
늙지 않으려고, 덜 늙으려고

노력하는 사람도 많지만…….
그것은 자연스러운 일이 아닐 것입니다.
마찬가지로 지금 아이들이 내 마음대로 자라 주지 않는다고,
내 아내, 내 남편이
내 마음대로 되지 않는다고 애달파 하지 말고
〈시간〉에 맡기면
시간에게 부탁하면
물 흐르듯이 자연스럽게 해결되리라 믿습니다.
모든 것은 시간이 해결해 줍니다.
그것이 시간의 비밀입니다.
시간에게 부탁해 보세요.

10월이 떠나간다

〈잊혀진 계절〉을 부른 가수 이용님이
제일 바쁜 달이 시월이라 했습니다.
시월의 마지막 밤을
뜻 모를 이야기만 남긴 채 우리는 헤어졌지요…….
가사를 제대로 다 알고 있지는 못하지만 이상하게도
시월만 되면 듣고 싶어지는 노래

일 년 열두 달 중 시월만큼 시(詩) 같은 달은 없고
춥지도, 덥지도 않아서 활동하기에 가장 좋은 달로 꼽힙니다.
어떤 화가가
저토록 아름다운 색깔로 계절을 나타낼 수 있을까요?
누런 벼이삭, 감, 단풍…….
코발트빛 하늘…….
한국의 가을, 시월은 명품입니다.

〈국화 옆에서〉라는 서정주님의 시가 입가를 맴돕니다.
국화만큼 많은 사람의 사랑을 받는 것도 드물겠지요?
한 송이 국화꽃을 피우기 위하여
소쩍새가 울고, 무서리가 내리고…….
국화는 그 모든 것을 견뎌 내고
지금 한껏 향기로운 노래를 조용조용 부르고 있습니다.
아름다운 환경에 아이들을 있게 하는 것—

그것이 최상의 교육입니다.
지금 국화향이 그윽합니다.

우리 아이들도 훗날
모든 바람, 서리 견뎌 내고
한 송이 국화 같은 성공을 아름답게 거머쥐기를 바랍니다.

시월이 떠나갑니다.

예쁜 얼굴은 사라져도 아름다운 영혼은 남는다

12월(月)이 되니 얼굴이 더 건조해지고
주름도 늘고 한숨이 나온다는 여성들이 많습니다.

사노라면…….
어떤 얼굴인지 생각할 겨를도 없이
종종걸음을 칩니다.
아이들 뒤치다꺼리, 시댁, 친정, 남편…….
우리는 슈퍼우먼입니다.

그러다가 12월 한 해의 끝에서
거울 앞에 서면
먼― 인생의 뒤안길에서 돌아온
누이 같은 모습입니다.

얼굴이란
얼(영혼)이 사는 동굴이라는 뜻입니다.
얼굴을 보면 젊은이든 늙은 사람이든
그의 살아온 풍경이 보이고
그 사람의 영혼이 맑고 진실한지
아니면 영혼이 탁하고 가식인지
어느 정도는 알 수 있습니다.

성형과 화장으로 예쁘게 만들 수는 있는지 몰라도
그의 영혼은 금세 만들어지지 않습니다.

아이들의 얼굴이 그 어느 꽃보다 예쁜 까닭은
영혼이 맑고, 깨끗하고 가식이 없기 때문입니다.

예쁜 얼굴은 세월이 데리고 가지만
아름다운 인품, 영혼은 세월 따라 더 그윽해집니다.

이 12월에…….
화장품을 사시지 말고 책을 사서
마음의 화장을 하면 어떨까요?

법 없이도 살 사람

세상에!
저분은 법 없이도 살 사람이라고
칭송받는 분도 계십니다.
제가 아는 의사 한 분은
환자들에게 입힐 옷이 없으면
아내나 자기 옷을 가져다 입히고
가난한 사람에게는
진료비조차 받지 않고 진료를 하시는 분인데
살아 있는 예수,
법 없이도 살 사람이라고 얘기들 합니다.
그런데 요즘 같은 세상에 법이 그나마 보호해 주니
그토록 선량한 사람이 살아가고 병원을 운영하지
선량한 사람은 악한 사람의 표적이 되어
협박당하고 휘둘리며 괴로워하는 것을
자주 보는 나로서는 과연 선량한 사람이
법 없이도 살아갈 수 있을까 의문입니다.
물건도 싸게 팔면 더 깎아 달라 요구하고
늙고, 유순한 사람에게는 함부로 대하며
무리한 요구를 하는 사람의 심리.
그런 심리를 무슨 법칙이라 하는지 알고 싶습니다.
저는 착한 사람에게 더 예의를 지키게 되고,
더 베풀고 싶어지는데……

그래도 선이 악을 이긴다고 믿기에
선량하게 살려는 사람이 많습니다.

운명은… 떼를 쓴다고 다 들어주지 않는다

울며, 떼쓰며 자기의 요구를
들어 달라는 아이가 있습니다.
툭하면 집을 나가겠다, 엄마가 가슴 아플 얘기를
비수처럼 들이대며 안달입니다.
그런 아이들도 전문가가 붙들고 놓아 주지 않으면
울다 제풀에 지치고
엄마 말을 잘 듣는 아이로 달라집니다.
〈우리 아이가 달라졌어요〉라는 TV프로그램이 있습니다.
그런 아이 버릇을 고치지 못하면(유년기에—)
자라서도 툭하면 엄마를 괴롭힙니다. 떼를 씁니다.
엄마가 가슴 아파할 얘기를 하면서
자기 요구를 들어 달라고 합니다.
청개구리 같다 할까요?
엄마가 죽고 나서야 비로소 엄마의 말을 듣고
엄마를 그리워하며 우는 청개구리.
그 청개구리를 닮은 자식들이 적지 않습니다.
엄마는 떼를 쓰면 들어주지만
운명은 떼쓴다고 역성 들어주지 않습니다.
운명은 성품이 도와주어
양지(陽地)로도, 음지로도 데리고 갑니다.
떼쓴다고 다 들어주는 어머니가 곁에 계실 때.
말 한마디라도
따뜻하게, 행복하게 해 드려야 합니다.